Daniel Sommerhalder
Sag mal, Papa!

AF285904

Für Franziska und Joah

Daniel Sommerhalder

Sag mal, Papa!

Ein junger Vater in freier Wildbahn

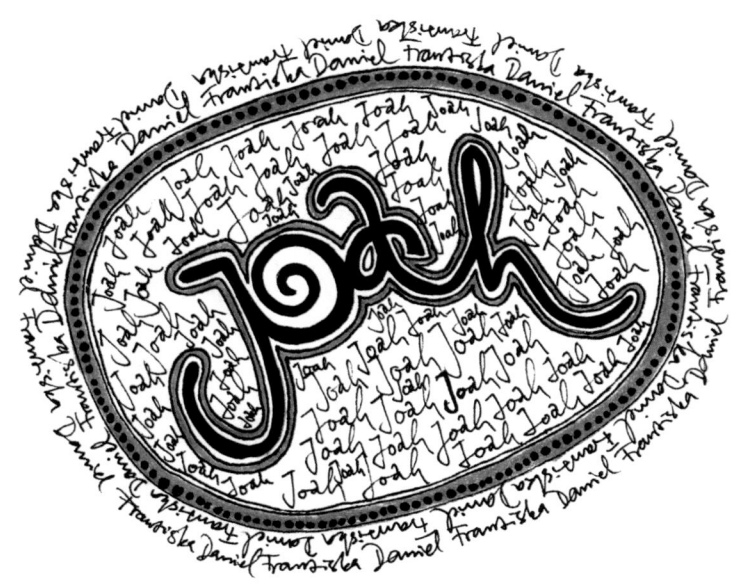

© 2006 Daniel Sommerhalder
Satz, Layout und Umschlaggestaltung: www.somydesign.ch
Umschlagfoto: Joah im Alter von 9 Monaten
Illustrationen: Franziska Wyss
Lektorat: Madelaine Stalder
Herstellung und Verlag: Books on Demand GmbH, Norderstedt.
ISBN: 3-8334-4588-2

Inhalt

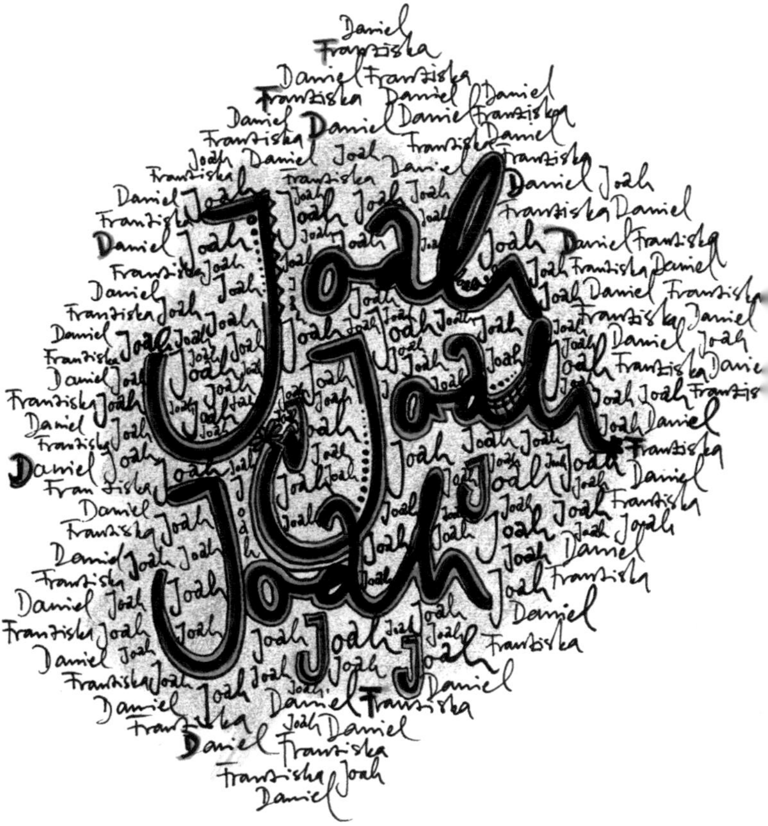
Daniel
Franziska
Joah

Vorwort

Hallo und herzlich willkommen in meinem Buch. Ich nehme mal an, du bist werdender Vater, oder möchtest zumindest werdender Vater werden (cooler Satz). Dann bist du genau richtig in meinem kleinen Erlebnisbericht zum Thema Vaterschaft. Um es gleich vorweg zu nehmen: Dieses Buch ist kein weiterer Ratgeber, der dir genau sagt, was du wann und wo machen musst. Okay, ich geb dir den einen oder anderen Tipp, aber in erster Linie erzähle ich dir hier meine Geschichte und wie ich die Vaterschaft erlebt habe und jeden Tag aufs Neue erlebe. Dich werde ich dazwischen immer wieder mal ansprechen, damit du auch wach bleibst. Ich habe dieses Buch aus zweieinhalb Motivationsgründen heraus geschrieben: der erste ist ganz klar mein kleiner Sohn Joah. Ich denke, er findet es später vielleicht cool, wenn er das hier einmal lesen kann. Der zweite Grund ist, dass mir in meiner Zeit als „werdender Vater" solche Bücher irgendwie gefehlt haben. Und der zweieinhalbste Grund ist die Tatsache, dass man schnell vergisst. Durch so ein Büchlein kann ich meine Erinnerungen festhalten, denn eine Schwangerschaft erlebt man nicht alle Tage und wenn ich sehe, wie mein Sohn täglich wächst und grösser wird, dann muss ich mich ja beinahe sputen und alles aufschreiben.

Also legen wir los, ich wünsche dir, lieber werdender Vater, aber auch allen anderen, viel Spass beim Lesen meines kleinen Büchleins!

Daniel Sommerhalder

Kapitel 1
Wollen wir es wagen?

Das Thema Kind hat mich, im Hintergrund, schon immer begleitet. Ich meine, man macht ja ab und zu Witze darüber, wie man als Vater dann so sein wird. Auch die fachmännische Begutachtung und Beurteilung anderer Eltern bei der Erziehungsarbeit durfte nie fehlen. Ich habe mich oft mit dem Gedanken erwischt: „Also das würde ich anders machen...". Als aktiver Jungwachtleiter (Jugendgruppe) überlegt man ja irgendwie auch immer, wie denn die eigenen Kinder mal rauskommen.

Während einer Beziehung ist es ja meistens so, dass irgendwann einmal der Moment gekommen ist, in dem man mal scheu nachfragt, wie es denn so mit Kindern aussehe, nur so allgemein gefragt, versteht sich. Wenn wir ehrlich sind, steckt der Fortpflanzungstrieb doch in jedem Menschen, so ist es ganz natürlich, dass diese Frage in jeder Beziehung einmal gestellt wird. Meistens sagt man ja immer, dass man irgendwann einmal schon Kinder möchte, aber noch nicht gleich. Ich persönlich habe mir heimlich immer das Ziel gesetzt, mit 25 Jahren Vater zu werden. Ein junger Vater wollte ich werden, jung und unkompliziert.

Während unserer Sommerferien 2004 wurde es auf einmal konkret. Wir sassen in einer gemütlichen Gartenbeiz und diskutierten über unsere Zukunft. Tja, und Zukunft hatte bei uns auch mit Kindern zu tun, besonders wenn man bereits fünf Jahre zusammen ist. Haben wir überhaupt Zeit für ein Kind? Sind wir den Anforderungen gewachsen? Der Zeitpunkt war nicht gerade der optimalste. Ich war im Begriff, genau nach diesen Sommerferien eine dreijährige, zeitintensive Weiterbildung zu beginnen. Meine Freundin Franziska war jedoch gerade zu diesem Zeitpunkt fertig mit einer solchen. Die Diskussion endete positiv. Wir waren bereit dazu, uns gemeinsam in das Abenteuer Kind zu stürzen. Und so nebenbei, wenn du ehrlich zu dir selber bist, den richtigen Zeitpunkt gibt es eh nicht.

Wir entschieden – jetzt gut aufpassen - es doch einfach mal darauf ankommen zu lassen. Yeah, das tönt doch genial! Auch später, wenn das Umfeld einen hinter vorgehaltener Hand scheu fragte: „Du, war der Kleine eigentlich geplant", klingt die Antwort: „Tja, wir haben es einfach darauf ankommen lassen" einfach toll, oder? Mit „darauf ankommen lassen" meinten wir, die Verhütung einmal Verhütung sein zu lassen und abzuwarten, ob Franziska überhaupt schwanger wird. Dies ist heutzutage leider auch nicht mehr selbstverständlich.

Was gibt es Schöneres, als ein Urlaub, in dem solch wichtige Entscheide getroffen werden? Geklappt hat es dann auch, sogar ziemlich plötzlich, genau zwei Monate später. Aber dazu blätterst du am besten mal um und führst dir das nächste Kapitel zu Gemüte...

Kapitel 2
Die entscheidende Botschaft

Ich sage dir, das war ein belebender Moment. Irgendwie rechnet man ja damit, aber irgendwie auch nicht. Das Gefühl ist sehr schwer zu beschreiben. Eines Abends komme ich nach Hause und lese nichtsahnend einen Zettel, der auf dem Küchentisch liegt. Mit ein paar netten Worten teilt meine Freundin Franziska mir mit, dass sie noch eine Überraschung für mich habe. Holla, ich bin ja nicht blöd. Ich renne in die Küche, öffne den Abfalleimer und was liegt zuoberst? Die Packung eines Schwangerschaftstests... Dong! Ich musste mich erstmal hinsetzen. Es war echt komisch, eigentlich sollte man sich ja himmeljauchzend freuen und vor Glück die ganze Welt umarmen, ich habe mir doch so oft vorgestellt, wie es denn sein würde als Vater. Aber jetzt, wo die Gewissheit da war, kamen plötzlich Zweifel in mir hoch. Würde ich diese grosse Verantwortung überhaupt tragen können und meinem Kind ein guter Vater sein? Ich dachte sofort an meinen Vater, er hatte eher eine Begabung dafür, alle Serviertöchter der Dorfgaststätten beim Namen zu kennen, als mir die Windeln zu wechseln. Mein Vater hatte schon seine guten Seiten, aber die gingen im Alkoholkonsum leider unter. „Vater sein" und ständig Bier saufen vertragen sich nun einmal nicht, darin habe ich so meine Erfahrungen. Dadurch bin ich ein wenig geprägt. Ich wurde vor allem von meiner Mutter erzogen. Aber hey, man kann aus den Fehler anderer immer noch lernen, oder?
Zurück zum Kern der Sache. Ich sass mit meinem Gefühlschaos auf dem Sofa, als Franziska dann nach Hau-

se kam und mir die, nicht mehr ganz neue, Freudensbotschaft überbrachte. Welcher war deiner Meinung nach einer ihrer ersten Sätze, welchen sie zu mir, nach überbrachter Kunde, sprach? Was meinst du? Nein, den Heiratsantrag kannst du dir gleich mal wegstecken, Franziska fand ziemlich rasch: „Du gell, aber nur wegen einem Kind heiraten wir nicht gleich, oder?" Tja, ich, gedanklich schon bei der Auswahl des Hochzeitsmenüs, war nun ein bisschen irritiert. Nein, im Grunde genomme hatte sie ja recht. Ich war mitten in meiner beruflichen Weiterbildung, und sie war ja nun schwanger. Und eigentlich hatten wir ja eh schon alle Hände voll zu tun, jetzt noch husch heiraten, das kam eigentlich wirklich nicht in Frage. Heutzutage ist dies auch kein Problem mehr. Mann muss sein Kind auch nicht mehr adoptieren, oder dergleichen. Eine Vaterschaftsanerkennung vor der Geburt und ein Unterhaltsvertrag nach der Geburt reichen schon. Wenn du möchtest, kannst du auch noch das gemeinsame Sorgerecht beantragen. In unserer Gemeinde sind dies ein paar Fragebögen, welche wir ausfüllen mussten, mehr nicht.
Aber ich bin abgeschweift. An diesem Abend ging ich sehr glücklich in die Federn. Ich konnte es nicht fassen, dass dort, im Bauch von Franziska, mein Kind heranwuchs. Und nach einer Weile überwog die Freude den anfänglichen Zweifel.
In der ersten Zeit als werdender Vater musste ich mir, als absolute Leseratte, natürlich sofort genügend Literatur zum Thema „Schwangerschaft und Geburt" anschaffen und all die Informationen auf das genauste studieren. Auch das Internet kam dabei nicht zu kurz. Ich erwischte mich zwischendurch sogar einmal dabei,

wie ich in einem Schwangerenforum mitlas und die Probleme der werdenden Mütter analysierte. Da war wirklich alles dabei, auch einige traurige Schicksale. In dieser Zeit ärgerte ich mich auch darüber, dass es für Väter nichts Vergleichbares gab. Ich meine, wir werdenden Väter haben doch auch unsere Sorgen und Zweifel? Oder etwa nicht?

Du glaubst gar nicht, was man aus Büchern alles für Informationen rausholen kann. Da lernst du richtige von falschen Wehen zu unterscheiden, hast für jeden Schwangerschaftsmonat eine Übersicht, wie weit sich das Ungeborene entwickelt hat, oder du kriegst kurz und rasch eine Schnellbleiche zum Thema „Wie halte ich ein Baby richtig in den Händen?". An Themen mangelt es in den unzähligen Ratgebern nicht. Mir haben die Dinger aber auch geholfen, meine schwangere Freundin besser zu verstehen. Und glaub mir, dies ist wichtig!

Kapitel 3
Schwangerschaft 1. Teil

Beginnen wir dieses Kapitel doch mit ein bisschen Theorie: Eine Schwangerschaft dauert nicht etwa 9 Monate, sondern 40 Wochen. Die Wochen zählt man ab dem 1. Tag der letzten Regel. Meist macht sich ja eine Schwangerschaft mit dem Ausbleiben der Regel bemerkbar, ergo ist die Frau zu diesem Zeitpunkt oft bereits in der 4. Woche schwanger. Wenn man erst ab diesem Tag zählt, kommt man auch auf die 9 Monate. Alles klar?

In den ersten zwölf Wochen ist das natürliche Risiko einer Fehlgeburt enorm hoch. Und genau aus diesem Grund sollte man während dieser Zeit genau eines tun: Fresse halten! Stell dir vor, du erzählst sofort allen, dass du Vater wirst und deine Frau hat in den ersten zwölf Wochen eine Fehlgeburt (was völlig normal sein kann!). Das alleine ist ja schon eine genügend hohe seelische Belastung, da brauchst du nicht auch noch allen im nahen Umfeld erzählen zu müssen, dass keine Schwangerschaft mehr besteht.

Die ersten drei Monate waren hinsichtlich der Verschwiegenheit sehr speziell. Oft fiel es uns schwer, auf den Mund zu sitzen und nicht gleich allen alles zu erzählen. Gut, dem allerengsten Kollegenkreis haben wir es erzählt. Unsere Eltern haben wir auch eingeweiht, ging fast nicht anders. Wir standen ja kurz vor einem Wohnungswechsel. Durch die Schwangerschaft war klar, dass Franziska eigentlich keine schweren Dinge heben sollte. Doch was erfindet man da für eine Ausrede? Rückenprobleme? Hand verstaucht? „Vergiss es", dachten wir, „eine Mutter findet immer heraus, dass ihre Tochter schwanger ist, Mütter haben dafür den siebten Sinn". Wir hätten es schade gefunden, wenn die Schwangerschaft durch „selber-herausfinden" publik gemacht worden wäre, nein, wir wollten es persönlich sagen. So haben wir uns zu einem spontanen Abendessen eingeladen. Diese Idee war gar nicht mal so schlecht. Ein Tag vor dem Umzug hatten wir nicht mal mehr Spaghetti im Schrank und Franziskas Vater ist ein spitzenmässiger Hobbykoch. Also riefen wir an und ehe wir uns versahen, sassen wir bereits bei gefüllten Tellern um den Familientisch. Unsere Nervosität war spürbar. Beim Anstossen wagte Franziska den ersten Versuch, ihren Eltern mitzuteilen, dass sie Grosseltern werden. Die Wörter blieben ihr aber im Hals stecken. Normalerweise bin ich wortgewandt, aber auch ich schaffte es dann nur mit Mühe vor mich hinzubrabbeln, dass wir ein Kind bekommen würden. Die Freude war riesengross. Das Gesprächsthema für den restlichen Abend war vorgegeben.

Bei meiner Mutter lief es ähnlich ab. Sie lebt alleine in einer kleinen 3.5-Zimmer-Wohnung. Wir gingen ganz spontan vorbei und redeten über den Umzug. Ich erklärte, dass Franziska nicht schwer heben durfte. Man müsse in den ersten drei Monaten einer Schwangerschaft äusserst vorsichtig sein. Ihr hättet ihr Gesicht sehen sollen. Okay, ich war ein bisschen gemein. Ich habe häufig erzählt, dass ich vor Ende meiner Weiterbildung keine Kinder wolle. So dauerte es bei meiner Mutter doch ein bisschen länger, bis sie das Gehörte verarbeiten konnte, aber natürlich freute sie sich für uns. Mein Vater freute sich auch, obwohl er manchmal Mühe hat, dies zu zeigen. Aber ich gehe jetzt einmal davon aus...

16

Ansonsten waren die ersten drei Monate besonders durch die morgendliche Übelkeit Franziskas geprägt. Während dieser Zeit hatte ich grosses Mitleid mit ihr. Stell dir mal vor, du wachst jeden Morgen auf und fühlst dich einfach elend. Es ist dir einfach, entschuldige den Ausdruck, kotzübel... Schlussendlich war der allmorgendliche Spurt auf die Toilette unumgänglich.

Kennst du den? Ein junger Mann trifft einen Flaschengeist, welcher ihm eröffnet, er habe einen Wunsch frei. Der junge Mann meint: „Könntest du mir eine Autobahn von hier bis nach Amerika bauen?" - „Spinnst du?", fragt der Geist „Kannst du dir vorstellen, was das für einen Aufwand gibt? Hast du keinen anderen Wunsch?" - „Okay, dann erkläre mir die Psyche der Frau," meint der junge Mann. Daraufhin der Geist: „Gut, wieviele Spuren soll die Autobahn haben?". Dies soll kein Versuch von mir sein, ein neuer Peach Weber zu werden, aber der Witz hat was! Denn ein weiteres grosses Thema während der Schwangerschaft ist die Psyche der Frau. Bereite dich schon mal darauf vor, dass du als logisch denkender Mann vieles nicht begreifen wirst oder kannst. Bei Frauen läuft enorm viel über Hormone ab. Und die spielen in der Schwangerschaft oft verrückt. Am besten hörst du einfach zu und hältst dich mit logischen Ratschlägen mal ein bisschen zurück. Natürlich sind nicht alle Frauen gleich, die einen haben null Probleme in der Schwangerschaft, andere können ihre Psyche sonstwo suchen. Wichtig finde ich einfach, dass man wirklich zusammenhält und einen kühlen Kopf bewahrt. Stell dir einmal vor, was in einer Frau so abgeht während einer Schwangerschaft. Aus Nichts wird plötzlich innert 40 Wochen ein kleiner Mensch, mit allem drum und dran. Neben den körperlichen Belastungen kommen auch die Ängste hinzu. Trotz aller Emanzipation, für eine Frau ist ein Kind schon eine enorme Umstellung, da ist es ganz klar, dass Frau sich Gedanken macht und dementsprechend Ängste in Bezug darauf hat, ob sie den Anforderungen gerecht wird. Wichtig ist einfach: Wenn die psychischen Probleme überhand nehmen: Es gibt keinen Grund dafür sich zu schämen oder sich schlecht zu fühlen. Nicht jeder Mensch kann gleich viel verdauen. Sucht euch Hilfe, wenn es zu viel wird! Klar, nicht nur die Frau macht sich viele Gedanken. Auch du als Mann wirst dich oft fragen: „Hey, kann ich das überhaupt?" Das Lesen von Babyratgebern zeigt einem auch auf, was man falsch machen kann, oder worauf man achten muss bei einem so kleinen Geschöpf. Für mich war es anfangs noch gut, dass ich zumindest einen Kollegen hatte, der das Ganze ebenfalls erst vor kurzer Zeit erlebt hatte. Seine Frau hatte vor kurzer Zeit mein Patenkind Amy zur Welt gebracht. Für mich war es jeweils äusserst hilfreich, mich mit ihm ab und an ein bisschen auszutauschen, wie er mit dieser Situation umgegangen ist. Oder auch einfach nur zu beobachten, wie es bei denen in der „neuen" Familie so läuft. Ansonsten bin, oder war, ich zu dem Zeitpunkt allen meinen Kollegen „voraus", wenn man es so sagen kann.

Aber es ist schon so, und darauf sei gefasst: Als Mann und werdender Vater fragt dich fast keiner danach, wie es dir geht. Und das wird auch lange so bleiben. Schlussendlich steht oft die Frau im Mittelpunkt, was natürlich auch absolut gerechtfertigt ist, aber so, sagen wir mal, 20% der Aufmerksamkeit könnte das Umfeld auch den Vätern zukommen lassen. Schliesslich ist mein Bauch während der Schwangerschaft ja auch gewachsen.

Wo wir gerade beim Bauch sind, meiner wuchs wahrscheinlich auf Grund meines abrupten Nikotin-Stopps. Franziska und ich haben, sie mehr, ich weniger, geraucht. Ich hatte ja bereits viele Versuche hinter mir, diese Sucht endlich abzulegen, aber irgendwie fing es immer wieder an. Zuerst nur eine Zigi pro Woche, dann eine pro Tag, dann nur zu Hause und schwupps, war ich beinahe wieder bei einem halben Päckchen pro Tag. Das sind dann schon ein paar Windeln – wenn man es umrechnet. Egal, wir beschlossen, sofortischtens mit dem Elend aufzuhören und ich schmiss meine Zigaretten voller Freude in den nächsten Abfalleimer. Bis jetzt bin ich noch standhaft geblieben. Sogar noch schlimmer, ich bin mittlerweile ein penetranter Ex-Raucher geworden, der seinen gesamten Kollegenkreis auf die Palme treibt, mit seinen ewigen Predigten. Franziska wird mittlerweile jedoch wieder schwach, da werd ich wohl noch ein bisschen nachpredigen müssen.

So, wenn die ersten drei Monate dann durch sind... äh stopp, dazu muss ich mal rasch ein neues Kapitel beginnen...

Kapitel 4
Schwangerschaft 2. Teil

Nach den ersten drei Monaten, oder den ersten zwölf Wochen, wie auch immer du gerade rechnest, bricht die schönste Zeit der Schwangerschaft an. Der Bauch wird runder, die Übelkeit verschwindet, weshalb sich die Frau wieder fitter fühlt. Und – das ist besonders cool – man kann damit beginnen, das grosse Geheimnis endlich auszuplaudern. Die kritische Zeit ist ja jetzt vorbei.

Schön, aber irgendwie auch nervenaufreibend. Einerseits möchtest du es all deinen Kollegen und Freunden persönlich sagen, andererseits kannst du dies, durch das bald aufkommende Geschwätz, auch gleich wieder vergessen! Nichts desto trotz nahmen wir die Verbreitung der frohen Kunde in die Hand. Unserem allerengsten Kollegen- und Familienkreis haben wir es ja bereits innerhalb der ersten zwölf Wochen mitgeteilt, nun kam der Rest an die Reihe. Da gab ess vielleicht lustige Gesichter. Mit unseren 25 Jahren waren wir ja auch eher jüngere, werdende Eltern. In der heutigen Zeit macht eine Frau so lange Karriere, bis die biologische Uhr so laut tickt, dass diese nicht mehr zu überhören ist. Wir waren uns aber schon lange einig, dass wir junge, und dadurch auch unkompliziertere Eltern sein wollten. Aber schlussendlich ist dies auch egal, schliesslich ist man ja immer so alt, wie man sich fühlt und überhaupt, ich bin mal wieder abgeschweift.

Was ich sagen wollte, dadurch dass wir eher jung und auch noch unverheiratet waren, hat eigentlich niemand mit einer Schwangerschaft gerechnet, insbesondere, weil ich immer lautstark verkündet habe, vor Beendigung meiner Weiterbildung keine Kinder zu wollen! Eigentlich sollte man in dem Moment, in welchem man einer Person mitteilt, dass man Vater/Mutter/Eltern wird, die Kamera dabei haben. Der Gesichtsausdruck meiner Kollegin Petra war einzigartig. Die hat also echt den Mund nicht mehr zugebracht, so erstaunt war sie. Aber gefreut hat sie sich natürlich auch. Die Reaktionen waren eigentlich durchs Band positiv. Wir bekamen E-Mails und Anrufe, unser Umfeld wünschte uns Glück, nein, Moment, unser Umfeld wünschte vor allem Franziska alles Gute, ich bin ja „nur" der Vater. Scherz, so schlimm war es natürlich nicht, auch ich fand ab und an meine Beachtung.

Ansonsten verlief das zweite Drittel der Schwangerschaft recht ruhig. Wir fingen langsam damit an, ein Kinderzimmer herzurichten. Dafür musste ich meinen, nach dem Umzug stolz bezogenen, Büroraum räumen. Aber zum Glück sind wir in eine grössere Wohnung gezogen, so stellte dies eigentlich kein Problem dar. Es war doch ein geiles Gefühl, für das heranwachsende Kind eine Wickelkommode zusammenzubauen. Ansonsten habe ich in Sachen Einrichtung des Kinderzimmers doch lieber Franziska das Feld überlassen. Auch das Thema „Mach doch mal Fotos von meinem Bauch!" kam bald auf den Tisch. Lieber werdender Vater, zieh das wirklich durch und fotografier den Bauch auch mal. Wenn er weg ist, wird es doch etwas schwer mit den Fotos. Der tolle Nebeneffekt dabei ist auch, dass man so eine wirklich gute Erinnerung an die Schwangerschaft erhält.

Stichwort „Vorsorgeuntersuchungen": Da würde ich auch auf jeden Fall mitgehen. Wenn es geht, jedes Mal!

Das ist der einzige Moment vor der Geburt, in dem du dein Kind „erleben" kannst. Wir gingen in der 12. Woche das erste Mal gemeinsam zu einer solchen Untersuchung, in der auch jeweils ein Ultraschall gemacht wurde. Hammermässig sag ich da nur. Bis zu diesem Zeitpunkt kannst du dir als Mann nicht besonders viel vorstellen, geschweige denn etwas vom Kind spüren (gut, die Frau auch nicht). Doch, siehe da, plötzlich siehst du dein Kind auf dem Monitor. Ich hab mich jedes Mal auf diesen Moment gefreut. Es war jeweils faszinierend, diese Bilder anzuschauen. Trotz der allgemeinen Vorstellung, dass man auf einem Ultraschallbild nicht viel erkennt, sah ich erstaunlich viel. Man konnte die einzelnen Körperteile perfekt erkennen. Wenn sich der Kleine dann noch bewegte, war meine Faszination perfekt. Meistens erklärt die Person, welche das Ultraschallgerät bedient, auch was sich wo befindet. Wir hatten das Glück, von einer sehr freundlichen und netten Frauenärztin betreut zu werden. Ich empfand sie auch als sehr kompetent. Die Ärztin nahm sich jedes Mal Zeit für uns, erkundigte sich nach eventuellen Fragen und erklärte alles immer ganz genau. Glücklicherweise traten bei uns nie Komplikationen auf.

Das heranwachsende Kind wird bereits im Mutterleib mit anderen Kindern verglichen. Es existieren Standardkurven betreffend Grösse, Kopfumfang und was weiss ich. Diese Kurven stellen den Durchschnitt aller Schweizer Kinder dar, und dem sollte der Fötus nach Möglichkeit entsprechen, sonst muss er genauer „beobachtet" werden. Aber auch die werdende Mutter wird bei diesen Untersuchungen (natürlich) gründlich durchgecheckt. Blutzucker, Urin und andere Werte werden auf ihre Korrektheit hin überprüft. Man, beziehungsweise Frau, geht circa alle vier bis sechs Wochen in eine Vorsorgeuntersuchung.

Das zweite Schwangerschaftsdrittel ist, und das kannst du in allen Büchern rund um das Thema Schwangerschaft nachlesen, das schönste. Das war auch bei uns so. Wohlwissend, dass die Momente zu zweit bald sehr rar werden würden, genossen wir die Zweisamkeit in vollen Zügen. Ich empfehle dir selbiges auch zu tun. Verwöhn deine Liebste ruhig mal ein bisschen. Sie ist jetzt in der Stimmung dazu. Beispielsweise ist der Zeitpunkt um einen letzten kleinen Kurzurlaub vor der Geburt zu machen jetzt goldrichtig! Auch fliegen sollte noch gehen, einfach vorher noch die Frau (oder auch den Herrn) Doktor fragen.

Erst richtig spannend wird es dann im letzten Schwangerschaftsdrittel, vor allem wegen dem Geburtsvorbereitungskurs, doch dazu mehr im nächsten Kapitel...

Kapitel 5
Schwangerschaft 3. Teil

Im letzten Schwangerschaftsdrittel wird es so richtig ernst. Welche körperlichen Beschwerden Frauen hier haben können, möchte ich im Einzelnen gar nicht aufzählen, diese Dinge kannst du in jedem guten Schwangerschaftsratgeber nachlesen. Wir, beziehungsweise Franziska, wurden aber glücklicherweise von den meisten Beschwerden verschont. Klar, der dicke Bauch machte uns beiden zu schaffen (bei ihr ist er mittlerweile wenigstens wieder verschwunden, ich arbeite noch daran), aber wenn ich von anderen so höre, dass Frauen die letzten zwei Monate im Bett verbringen müssen, weil sich eine Frühgeburt angekündigt hat, dann hossa.

Eines der spannendsten Erlebnisse in diesen „Endspurt"-Tagen war für mich ganz klar der Geburtsvorbereitungskurs. Wir besuchten diesen im selben Krankenhaus, in welchem Franziska auch gebären würde. Der Kurs fand über sechs Abende statt, bei zwei davon waren auch die Männer mit von der Partie. Irgendwie hab ich mich ja schon auf diese beiden Geburtslektionen gefreut, aber wenn wir ehrlich sind, stellen wir uns genau eines unter einem solchen Kurs vor: Männer, die absolut unmännlich, auf Gymnastikbällen sitzend Atemübungen machen und versuchen, ihre Wehen in die Prostata zu atmen. Gut, ganz so schlimm war es nicht. Der Knüller in meinem Kurs war die Kursleiterin selber. Nennen wir sie mal Elfriede (Name dem Autor bekannt). Elfriede war bis kurz vor diesem Kurs für das Krankenhaus als Hebamme tätig, hat ungefähr eine Million Geburten hinter sich, selber circa zehn Kinder zur Welt gebracht und weist dazu eine Reaktionszeit von 15 Sekunden auf. So lange dauerte es jedenfalls, bis sie bemerkte, dass ein Plakat, welches sie zur Veranschaulichung an die Wand gepinnt hat, in der Zwischenzeit runtergefallen war. Gut, ihre penetrante Alkoholfahne flösste bei mir auch nicht gerade Vertrauen ein. Ich hoffte inständig, dass die anderen Hebammen des Krankenhauses Abstinentler waren.

Als ich das erste Mal in den Geburtsvorbereitungskurs mit ging, waren wir ungefähr fünf Minuten zu früh. Die Schwangeren sassen, zusammen mit den werdenden Vätern in einem Kreis auf den tollen Gymnastikbällen. Die einen im Schlabberlock, andere in lustigen Trainerhosen. Franziska und ich in Jeans. Ich begreife bis heute noch nicht, wofür man in diesem Geburtsvorbereitungskurs eigentlich „sportliche Kleidung" anziehen musste. Massieren ist für mich kein Sport, aber mehr dazu später. Wir sassen so da und warteten darauf, dass Elfriede punkt Acht erwachte und uns willkommen hiess. Sie sagte: „Hallo zusammen, heute kommt Frau Doktor Sowieso und erzählt uns was über Geburtskomplikationen." Okay, und da Frau Doktor Sowieso erst um fünf nach Acht kam, sassen wir lautlos (ich wiederhole: lautlos!) noch weitere fünf Minuten im Kreis herum. Toll! Von so einer Kursleiterin erwarte ich doch irgendwie auch, dass sie die Stimmung ein bisschen auflockert. Sei es nur schon mit einer doofen Befindlichkeitsrunde. Egal, ihr Motto war: einfach nur dasitzen und warten bis Frau Doktor kommt. Nicht zu vergessen, die Frauen hatten zu diesem Zeitpunkt schon drei Abende lang diesen Kurs besucht, Gespräche untereinander gab es aber trotzdem praktisch keine. Als die Frau

Doktor dann kam, wurde es wirklich interessant. Sie erzählte von diversen Geburtsproblemen wie Steisslage oder Sterngucker. Näheres dazu findest du, wie immer, in der dazu bestimmten Fachliteratur. Ich sah auch zum ersten Mal eine Saugglocke, aber so wie ich mir dieses Teil immer vorgestellt hatte, sah es glücklicherweise nicht aus. Beim Begriff „Saugglocke" formierte mein Gehirn immer so ein riesiges Teil, in Tat und Wahrheit ist eine Sauglocke einiges kleiner.

Weiter ging es an diesem Abend mit einem Rundgang durch die Gebärabteilung. Als wir im sogenannten „Kinderzimmer" waren, wollte uns Elfriede ein Wickeltuch demonstrieren. Für die Greenhorns: Ein Wickeltuch wickelt man sich vor den Oberkörper und kann das Baby darin tragen. Ich persönlich finde Wickeltücher für Männer eigentlich nicht so geeignet, bevorzuge eher die Variante des „Baby-Björn" oder wie die Dinger alle heissen: Ein Tragsystem mit Schnallen, eine Art Rucksack fürs Kind. Egal. Elfriede brauchte einen Freiwilligen, dem sie das Wickelteil um den Bauch wickeln konnte. Wer wäre da wohl besser geeignet als, du hast es erraten, ich! Da keiner sich melden wollte, trat ich mutig hervor und war wild dazu entschlossen, mich in dieses Wickeltuch-Abenteuer zu stürzen. Das Anlegen des Tuches erwies sich als gar nicht mal so schwierig, sagen wir mal so, es ging sogar sehr rasch. Aber man fühlt sich irgendwie schon als Depp, wenn man ein Tuch umgeschnallt hat, in dem kein Kind drinliegt, und dabei von sieben anderen Leuten umringt und angestarrt wird. Vor allem, weil Elfriede während ihres Wickeltuch-Monologs ständig abgeschweift ist, kam es mir vor, als stünde ich Stunden dort. Doch auch das ging vorbei. Unsere

Kursleiterin zeigte zudem noch eine Muschel, aus der Töne kommen sollten. Töne, die dem gleichkommen, was das Baby im Bauch hört. Nun, diese Muschel tönte in etwa so, wie ein Radiosender, welcher nicht ganz richtig eingestellt ist. Ich, für mich, hab dann beschlossen, dass der Promille-Spiegel von Elfriede wohl ein bisschen zu hoch ist, um zu bemerken, dass diese Muschel defekt ist. Am Ende des ersten Abends gab es noch einen Film zum Thema Geburt, welcher mir gut gefallen hat. Er zeigte vor allem auf, dass eine Geburt nicht bloss eine Stunde dauert, sondern sehr zeitintensiv ist. Am Schluss des Abends gingen wir dann, bei den einen reichte es sogar noch für ein scheues „Tschüss", wieder nach Hause. Das Fazit des ersten Abends: Die Kursleiterin ist nicht gerade eine Leuchte, aber der Inhalt war in Ordnung. Man hat die Räumlichkeiten besichtigen können, dies hat mir schon die erste Angst genommen, auch der Vortrag der Ärztin war klasse und hat uns Teilnehmenden aufgezeigt, das Komplikationen bei einer Geburt sehr selten sind. Wenn sie trotzdem eintreffen, ist man bestens vorbereitet und bewahrt, dies hoffe ich zumindest, einen kühlen Kopf!

Am zweiten Kurs-Abend hatten wir punkto Ankunftszeit dazugelernt. Wir bemühten uns, möglichst knapp vor Beginn einzutreffen. Nach einer weiteren, fulminanten Begrüssung durch Elfriede, übten wir, unserer Partnerin die Wehen mittels Massage zu erleichtern. Elfriede zeigte und diese Techniken recht gut. Ich fand es zumindest sehr interessant und hilfreich. Anhand einer Puppe lernten wir Männer auch, wie man ein Kind richtig hält oder badet. Bis auf die Kursleiterin, und die war jetzt, ehrlich gesagt, auch nicht mal so schlecht, war der Geburtsvorbereitungskurs gut gelungen. Dieser hat auch mich als Mann irgendwie auf die Geburt vorbereitet und mir ein bisschen die Angst davor genommen. Von daher also meine Empfehlung an dich: Überwinde den inneren Schweinehund und geh hin. Und denk daran, es gibt nicht nur Elfriedes, die solche Kurse geben! Franziska ging es, bis auf hässliche Rückenschmerzen, im letzten Schwangerschaftsdrittel eigentlich sehr gut. Ihr Schwangerschaftsurlaub lag so, dass sie bereits einen Monat vor dem errechneten Termin mit dem Arbeiten aufhören konnte. So blieb genügend Zeit, sich intensiv auf die Geburt vorzubereiten. Auch unser Kinderzimmer war beinahe fertig eingerichtet, der Wickeltisch zusammengeschraubt, das Bettchen frisch gestrichen, wir waren also bereit. Sogar der Krankenhauskoffer war, auf mein Drängen hin, bereits gepackt. Die Wehen konnten kommen...

Kapitel 6
Junge oder Mädchen?

Bei den Vorsorgeuntersuchungen besteht ja bekanntlich die Möglichkeit zu erfahren, was für ein Geschlecht das heranwachsende Kind hat. Mein ganz persönlicher Tipp an dich: Lass es sein und frag nicht! Wir, das heisst, vorallem ich, wollten es aber wissen. Im Nachhinein würde ich dies eher als falsch ansehen. Du wirst verstehen was ich meine, wenn du dieses Kapitel gelesen hast.

Für Franziska war es bereits ab dem ersten Tag klar: Unser Kind wird ein Mädchen. Sie spüre das, dies sei halt die mütterliche Intuition. Mir war es eigentlich egal, der Standardspruch: „Mir ist es egal, welches Geschlecht, Hauptsache gesund", traf auch auf mich zu. Aber, seien wir ehrlich, wünscht sich nicht jeder Mann insgeheim einen Sohn? Ist doch irgendwie auch nachvollziehbar. Ich habe das Gefühl, dass ich die Probleme und Bedürfnisse eines Sohnes besser nachvollziehen kann, als die eines Mädchens. Damit meine ich nicht nur die ersten Jahre, sondern auch schwierige Zeiten wie die Pubertät. Und ein grosser Puppenliebhaber bin ich eigentlich auch nicht.

Wir nannten unser Kind schon sehr früh beim Namen, denn die Bezeichung „Es" erinnert mich mehr an Stephen King, als an einen Namen für ein Ungeborenes. Bei der Namenssuche hatten wir eigentlich keine Probleme. Wir waren rasch bei „Jana" für ein Mädchen und „Joel oder Noah" für einen Knaben. Da es gemäss der weiblichen Intuition ja ein Mädchen geben würde, sprachen wir den immer dicker werdenden Bauch Franziskas nur noch mit „Jana" an. Bis zu dem Tag, an dem wir etwa zur dritten Vorsorgeuntersuchung gingen. Unsere Frau Doktor fragte, ob wir denn das Geschlecht wissen möchten. Ich bejahte und lief zehn Minuten später mit gestellter Brust den langen Krankenhausgang entlang, denn die Prognose war eindeutig: Im Bauch drin ist ein Bub! Wir wollten diese Nachricht natürlich für uns behalten.

Wir hatten uns aber schon sehr an den Namen „Jana" gewöhnt, sodass es jetzt plötzlich schwer wurde, sich umzugewöhnen. Dieses Problem konnte nur dadurch gelöst werden, dass wir schnellstmöglich einen definitiven Jungennamen fanden. Mittlerweile hielten wir „Joel" und „Noah" für unpassend. So viele Kinder tragen diesen Namen schon, uns schwebte etwas Aussergewöhnlicheres vor, ein Name, der nicht so geläufig ist. Im Internet fanden wir ihn dann, eigentlich den perfekten Namen für unseren Sohn: Joah! Ein hebräischer Name, welcher soviel Bedeutet wie „Jahwes Bruder, Joah ist in der Bibel der Sohn und Nachfolger von König Joahas". Auch wenn wir diesen König nicht persönlich kannten, den Namen seines Sohnes fanden wir toll und irgendwie war er sogar ein Mittelding zwischen „Joel und Noah". Problem gelöst. Fortan wurde der Bauch mit Joah angesprochen und so entwickelten wir nach und nach eine Art Beziehung zu unserem ungeborenen Sohn.

Aber so einfach war dann doch nicht alles. Es stellten sich uns zwei Probleme in den Weg. Problem Nummer eins: Das Geschlecht für sich behalten. Dies war vor allem für mich eine sehr schwere Angelegenheit. Am selben Tag, an welchem wir das Geschlecht erfahren hatten, ging ich mit meinen Bürokollegen essen. Ich erzählte (und jetzt kommt der Fehler), dass ich das Geschlecht wisse, aber ich es ihnen sicherlich nicht auf die Nase binden würde. Fünf Minuten später erzählte ich von dem Ultraschall und wie ER sich bewegt habe, flutsch, es war raus und ich die Lachnummer des Tages.

Problem Nummer zwei: Akupunkteusen, meine neue Fachbezeichnung für Frauen, welche Akupunktur anbieten. Franziska ging während der Schwangerschaft regelmässig zu einer Akupunkteuse. Eine gute Sache, wie ich finde. Die Akupunkteuse von Franziska war schwer in Ordnung. Ich glaube auch, dass wir es zu einem gewissen Punkt auch ihr zu verdanken haben, dass Joah ein eher ruhiges Kind ist. Also, alles bestens bis auf einen Punkt: Der Geschlechtsvorhersage mittels Pulsmessen. Ich meine, da kann ich ja geradezu auch im Kaffeesatz lesen. Das Problem war, dass wir unsere Geburtsanzeigen bereits gedruckt hatten, mit dem Namen „Joah", den man schlecht als Mädchenname verkaufen kann. Jetzt kommt plötzlich die Akupunkteuse und behauptet, besser gesagt, fühlt via Puls, dass es ein Mädchen geben müsse, und dies mehrmals an verschiedenen Sitzungen! Toll. Super. Verwirrung total. Schlussendlich haben wir uns dann viermal (!!) im Ultraschall versichern lassen, das Kind sei ein Junge, man sehe es ganz deutlich. Nun, dieselbe Akupunkteuse hat, nachdem die Geburt auf sich warten liess, auch Punkte gewählt, an denen selbige sofort ausgelöst werde. Sie meinte, es könne sein, dass sie Franziska danach gleich ins Krankenhaus fahren müsse. Fakt war: Es ging noch Tage, bis Joah zur Welt kam und ein Junge ist es bis heute geblieben. Meine Meinung: Wenn Vorhersagen, dann nur noch medizinische!

Kapitel 7
Die Geburt

Wie du im vorhergehenden Kapitel bereits herauslesen konntest, kam Joah später als geplant. Der errechnete Geburtstermin war der 24. Mai. Er wollte aber erst am 29. das Licht der Welt erblicken. Diese knapp fünf Tage waren schon echt speziell, das sag ich dir. Ich meine, eine gesunde Portion Besorgnis im Umfeld ist ja schön und gut, aber zwischenzeitlich haben die lieben Menschen um uns herum nur noch angerufen, um abzuklären, ob wir denn noch zu Hause sind oder nicht. Das hat manchmal an den Nerven gezehrt, auch wenn es gut gemeint war.

Bereits eine Woche vor der Geburt übten wir schon mal unabsichtlich den Ernstfall. Wir sassen gemütlich auf dem Sofa, es war um 22 Uhr herum, als Franziska plötzlich ein Ziehen im Bauch verspürte und mir dies natürlich sofort mitteilte. Viele Leute haben mir übrigens vorausgesagt, dass ich während der Geburt ja eh die Nerven verlieren würde, daher blieb ich in dieser Situation gekonnt cool und liess mir meine Nervosität überhaupt nicht anmerken. Man hat ja schliesslich gelernt, die echten von den falschen Wehen zu unterscheiden. Für Greenhorns: Vor der Geburt bereitet sich der Körper auf selbige vor und übt, mit falschen Wehen, schon einmal ein bisschen. Diese falschen Wehen gehen beispielsweise wieder weg, wenn die Frau ein Bad nimmt, die echten werden aber stärker in der Wanne. Dann gibt es noch einen bestimmten Zeitintervall, in dem die Wehen kommen sollten. Aber wirklich im Griff hatten wir es an diesem Abend nicht. Franziska liess sich erst einmal ein Bad einlaufen, während ich mich hinter meinen Mac klemmte um mehr über die falschen und echten Wehen zu erfahren. Schlussendlich waren wir nur noch mehr verwirrt und fanden, es sei das Beste, mal den Gebärsaal anzurufen. Logisch, die Hebamme meinte, wir sollten doch mal vorbeischauen, dies sei sicherer als eine Ferndiagnose. So nahmen wir um 23 Uhr zum ersten Mal den Weg ins Krankenhaus unter die Räder. Die Hebamme untersuchte, wie weit der Muttermund bereits geöffnet ist. Diese Untersuchung ist für mich bereits ein erster guter Grund um froh darüber zu sein, dass ich ein Mann bin. Franziskas Gesichtsausdruck nach zu deuten, muss diese Untersuchung unangenehm und schmerzhaft sein. Tja, der Muttermund war mehr oder weniger geschlossen und das CTG, ein Gerät, welches die Wehentätigkeit und den Pulsschlag des Kindes optisch und akkustisch wiedergibt, zeigte keine grosse Wehentätigkeit an. Okay, dachte ich, dann packen wir wieder zusammen und gehen nach Hause. Nicht okay, dachte aber die Hebamme. Franziska müsse in dieser Nacht hierbleiben, da man keine Austritte in der Nacht vornehmen könne. Der Austritt muss durch einen Arzt erfolgen. Toll. So fuhr ich alleine nach Hause, machte aber mit der Hebamme ab, dass sie mich bei einem eventuellen Alarm sofort anrufen sollte. Nix war mehr in dieser Nacht. Am nächsten Tag konnte ich Franziska abholen und wir warteten zu Hause wieder darauf, dass sich der kleine Joah für die Geburt bereitmachen würde.

Tja, dieses Warten war halt schon sehr speziell, mit der Zeit auch nervenaufreibend, als der errechnete Geburtstermin durch war. Jeden Abend ging man mit dem Gedanken zu Bett, dass es in genau dieser Nacht losgehen könnte und am nächsten Tag wachte man dann irgendwie enttäuscht auf.

Doch in der Nacht von Freitag auf Samstag geschah es dann, Franziska ging Fruchtwasser ab. In diversen Büchern habe ich gelesen, dass dies das entscheidende Zeichen sei! Wir machten uns sofort auf den Weg ins Krankenhaus. Wieder dieselbe Prozedur: Anschliessen des CTGs und untersuchen, wie weit sich der Muttermund schon geöffnet hat (aua). „Tja, das kann nun noch zwölf Stunden dauern, bis die Wehen kommen", meinte die diensthabende Hebamme,"schicken wir ihren Freund doch am besten nach Hause." Super, genau den Satz, den ich nicht hören wollte, hab ich doch damit gerechnet, erst wieder als frischgebackener Vater nach Hause zu kommen. Nachdem mir wieder ein Anruf garantiert wurde, falls es losgehe, fuhr ich einmal mehr alleine nach Hause und versprach, am nächsten Morgen die Schule ausfallen zu lassen und um neun Uhr wieder im Krankenhaus zu sein.

Natürlich wurde ich in der Nacht durch keinen Anruf geweckt. Punkt neun Uhr Samstag früh fand ich mich im Zimmer von Franziska ein. Bei ihr noch keine Spur von irgendwelchen Wehen. Die Hebamme meinte, wir sollten diesen Tag noch abwarten, ob die Wehen von selber kommen, ansonsten würde in der nächsten Nacht die Geburt eingeleitet. Gemäss CTG gehe es dem Kind gut. So verbrachten wir den ganzen Samstag mit lesen, herumsitzen, spazieren und und und. Ein Spaziergang oder das Treppensteigen kann ja die Wehen anregen. Tja, leider geschah nichts. Die Wehen wollten nicht kommen, so war klar, dass die Geburt eingeleitet werden musste. Ich wurde, einmal mehr, wieder für eine Nacht nach Hause geschickt. Franziska wurde in der Nacht um vier Uhr geweckt, und erhielt zu diesem Zeitpunkt das Wehenmittel, welches tatsächlich vier Stunden später die versprochene Wirkung zeigte: Die Wehen setzten langsam aber sicher ein und mein Telefon zu Hause klingelte. Nach einem sehr bescheidenen Frühstück, Franziska meinte, ich brauche nicht zu stressen, stieg ich in meinen Wagen und fuhr, einmal mehr, ins Krankenhaus. Jetzt war es soweit, das nächste Mal würde ich als frischgebackener Vater die Wohnung betreten!

In der Gebärabteilung angekommen, lag Franziska bereits mit Wehen auf dem Bett. Wer sich hier allerdings eine wild schreiende Frau vorstellt, ist im falschen Film. Die Wehen kamen circa alle fünf Minuten und waren auch noch nicht sehr stark. Für Greenhorns: Der Sinn und Zweck der Wehen besteht darin, den Muttermund zu öffnen. Ist der Muttermund 10cm offen, geht es plötzlich sehr schnell, dann beginnen die Presswehen und die sind heftig, da sie dem Zweck dienen, das Kind herauszubefördern. Wir hatten nun ungefähr neun Uhr vormittags. Während dieser Zeit kamen, wie bereits gesagt, regelmässig Wehen, die immer intensiver wurden. Die Hebamme fragte nach, ob Franziska zur Schmerzlinderung Akkupunktur möchte. Sie bejahte diese Frage und die Hebamme platzierte die Akkupunkturnadeln an den richtigen Stellen. Relativ rasch brachte dies die gewünschte Erleichterung, ich habe es ja bereits erwähnt, Akkupunktur ist in Ordnung, solange sie nicht das Geschlecht eines Kindes voraussagt. Aber ganz weg waren die Schmerzen natürlich noch nicht. Jetzt konnte auch ich mal zeigen, was mir Elfriede alles im Geburts-vorbereitungskurs beigebracht hatte. Jedesmal, wenn eine Wehe kam, wendete ich die gelernten Massage-techniken an. Diese wirkten entspannend und machten die Wehen aushaltbar. Wir waren während diesen, ich sag mal „schwächeren" Wehen noch alleine im Zimmer. Ab und zu kam die Hebamme, prüfte das CTG, oder kontrollierte, wie stark sich der Muttermund bereits ge-öffnet hatte. Franziska vollzog in dieser Zeit (immerhin sechs Stunden) mehrere Stellungswechsel und wurde von mir mit energiespendendem Traubenzucker ver-sorgt.

Gegen zwei Uhr nachmittags hatte sich der Mutter-mund um acht Zentimeter geöffnet. Wir wechselten in das Gebärzimmer. Glaub mir, ich meine, wenn ich mal Grippe habe, bin ich der Ärmste, aber so eine Geburt würde ich definitiv nie überleben. Beim Wechseln des Zimmers war Franziska so fix und fertig, dass sie am liebsten nach Hause gehen wollte. Mir tat sie effektiv leid. Es ist schlimm, mitanzusehen, wie deine Partnerin leidet und du nicht mehr machen kannst, als einfach nur bei ihr zu sein. Ich half lediglich darin mit, dass ich ihr bei jeder Wehe diktierte „einatmen... und aus-atmen...", das hab ich sicher gegen 1023 mal gemacht. Dies half ihr, vor lauter Schmerzen das Atmen nicht zu vergessen. Gegen 16 Uhr ging es dann richtig los, der Muttermund war ganz geöffnet, die Presswehen setzten sein. Franziska musste damit beginnen, bei jeder einset-zenden Wehe zu pressen. Sehr speziell, ich konnte sogar einmal den Kopf des Kleinen sehen, es floss aber auch jede Menge Blut, ist also nichts für schwache Nerven. Ein letzter Ultraschall zeigte, Joah war ein „Sterngucker". Für Greenhorns: Bei einer normalen Geburt ist der Kopf unten, das Gesicht des Säuglings schaut der Mutter in den Rücken. Sterngucker schauen aber nach vorne. Dies ist nicht weiter schlimm. Bei Sternguckern wird einfach grundsätzlich mittels Saugglocke und Dammschnitt nachgeholfen. Jawohl, Dammschnitt, du hast richtig gelesen. Jetzt ging es in die Endphase. Der Doktor setzte die Saugglocke an und meinte dann noch, dass der Kleine enorm viel Haare habe (cool!), dann, bei der nächsten Wehe, führte er den Dammschnitt durch. Ich konnte den fiesen Ton des Schnittes sogar hören, Franziska meinte später, sie hätte davon nicht einmal was gespürt. Nachdem die nächste Wehe vorbei war, war der Kopf halb durch und steckte mitten in der Öffnung. Das war das erste Mal während der gesamten „Wehenphase", bei dem ich Franziska schreien hörte. Ich meine, stell dir mal vor, du presst einen Tennisball aus deinem Penis und genau in der Hälfte des Balls hört die Wehe auf und die Hebamme meint: „Tja, jetzt müssen wir warten, bis die nächste kommt.", ich hätte tausendmal lauter geschrien! Bei der nächsten Wehe war es geschafft, Joah kam auf die Welt. Ich konnte es kaum fassen. Da lag er in den Armen des Doktors, mein Sohn, voller Blut und Käseschmiere. In diesem Moment liess ich meinen Emotionen freien Lauf, ich konnte gar nicht anders. Dies war der bisher schönste Moment meines Lebens.

Gleich nach der Grobreinigung wurde der Kleine Franziska auf den Bauch gelegt. Wir streichelten ihn und hiessen ihn auf dieser Welt willkommen. Ich war echt fix und fertig. Geweint hat er bis dahin noch nicht, sondern sich gemütlich unter einer Decke auf dem Bauch eingekuschelt und uns beide mit grossen Augen angesehen. Am liebsten würde man wissen, was so ein Neugeborenes in diesem Moment denkt. Geschrien hat er erst dann, als der Onkel Doktor ihn wieder an sich genommen hat für die erste Untersuchung beziehungsweise den zweiten Apgar-Test. Das Kind erhält in diesem Test Punkte für Hautfarbe, Reaktion, Atmung und vieles mehr. Joah wurde weinend gewogen, gemessen und in die Ferse gepiekst um ein wenig Blut abzuzapfen. Joah mass 49cm, 3400g und kam am Sonntag, 29. Mai 2005 genau um 16.44 Uhr zur Welt. Ein Jubeltag!

Geschafft! Franziska vergass für den Moment alle Schmerzen, der Arzt nähte den Dammschnitt während wir unser Kind bewunderten. Nach einiger Zeit wurden wir in ein anderes Zimmer verlegt und konnten mit dem Kleinen für zwei Stunden allein sein, bevor es dann auf die Wochenbett-Station ging. Bis zu diesem Zeitpunkt merkte ich gar nicht, dass ich seit meinem mageren Frühstück keine weitere Nahrung zu mir genommen hatte. Aber wirklich Hunger hatte ich keinen. Natürlich wurden der nähere Familien- und Kollegenkreis sofort über die Ankunft von klein Joah informiert. Die Grossmütter brachen vor Freude sogar in Tränen aus. Der eine oder andere Angerufene fragte auch des Namens wegen genauer nach, beispielsweise meine Mutter, welche seit ihrer Geburt schwerhörig ist: „Wie heisst er? Noah?" - „Nein, Joah, J-O-A-H!". Die Zeit, welche wir alleine im Zimmer verbrachten verging wie im Flug, bald wurden wir, das heisst Franziska und Joah, in ein 3er-Zimmer der Wochenbett-Abteilung verschoben. Ein langer Tag ging zu Ende. Gegen neun Uhr Abends machte ich mich auf den Heimweg, legte aber noch einen kleinen Halt bei den Eltern meines Paten-kindes ein, bei welchen die Geburt ja auch noch nicht so lange zurückliegt. Es tat gut, gleich mit diesen über das Erlebte sprechen zu können. Und das Bier dazu hab ich mir ja wirklich verdient!

Kapitel 8
Das Wochenbett

Die ersten fünf bis sieben Wochen nach der Geburt werden als Wochenbett bezeichnet. Während dieser Zeit geht im Körper der frischgebackenen Mutter so einiges ab. Der Organismus wird wieder in den Normalzustand versetzt und eine hormonelle Umstellung findet statt. Eine Schwangerschaft verändert den Körper einer Frau vollständig. Der Uterus beispielsweise, wächst während der Schwangerschaft auf das 20fache seiner eigentlichen Grösse an.

Franziska und Joah verbrachten die ersten fünf Tage nach der Geburt auf der Wochenbett-Station des Krankenhauses. Joah war die ganze Zeit bei Franziska, hat aber während dieser Zeit vor allem viel geschlafen. Natürlich gab es auch viel Besuch. Eltern, Freunde und auch Joahs Paten wollten den kleinen Racker begutachten. Auch der frischgebackene Papa, also meine Wenigkeit, versuchte, möglichst viel Zeit mit seiner „neuen" Familie zu verbringen. Bis zum Krankenhausaustritt jedoch arbeitete ich noch. Zum Glück befindet sich aber mein Arbeitsplatz im selben Dorf wie das Krankenhaus, weshalb mir lange Autofahrten erspart blieben. Am Dienstag Abend nach der Geburt liess ich eine alte Tradition aufleben: Der junge Vater lädt alle seine Kumpels zu einem Bier ein. So fanden sich dann doch gegen 20, auschliesslich männliche (Frauen sind bei dieser Tradition offenbar ausgeschlossen) Personen in unserer Wohnung ein und stiessen mit mir auf den Junior an. Natürlich durfte auch eine Geburtstanne nicht fehlen, sie wurde heimlich von Kollegen vor unserem Mehrfamilienhaus aufgestellt. Leider musste ich die Tanne nach einem Monat bereits wieder abbrechen, unsere Abwartsfrau meinte, sie sähe nicht mehr so frisch aus. Schade.

Im Krankenhaus bestand die Möglichkeit, dass man sich an einem Abend während des Wochenbett-Aufenthalts eine Auszeit nehmen und zusammen auswärts essen gehen konnte. In dieser Zeit würde Joah von den Schwestern gehütet werden. Natürlich liessen wir uns diese Gelegenheit nicht entgehen und gingen zusammen in eine Pizzeria. Und jetzt musst du gut aufpassen: Als wir zusammen zum Auto liefen, fing Franziska aus heiterem Himmel zu weinen an. Sie war am Boden zerstört und meinte, sie wisse auch nicht weshalb, aber ich soll eine möglichst weite Strecke fahren, damit es wieder aufhört bis zum Restaurant. Ich verstand die Welt nicht mehr. Und das Beste: Sie auch nicht! Tja, mein lieber Leser, dies sind die sogenannten Wochenbett-Depressionen, oder der Baby-Blues. Diese Depressionen werden im weiblichen Körper ziemlich sicher von der hormonellen Umstellung nach der Geburt ausgelöst. Bei einigen Frauen sind sie schlimmer, bei anderen weniger und manche haben diese Depressionen gar nicht. Und hier mein Tipp, auch wenn es schwer fällt und für uns Männer nicht ganz einfach zu vestehen ist: Fresse halten, Verständnis zeigen und deine Partnerin in den Arm nehmen! Franziska wusste schlussendlich ja selber nicht, was los ist und ich dachte mir mal wieder, wie krass Hormone sein können. Jeder Mann, dessen Frau an einem PMS (Prämenstruelles Syndrom) leidet, weiss, wovon ich spreche.

Am Freitag war es dann soweit. Nach fünf Tagen Krankenhaus, holte ich meine kleine Familie nach Hause.

Cooles Gefühl! Stolz spazierte ich mit dem leeren Maxi-Cosi (Tragschale) ins Krankenhaus und noch stolzer zusammen mit Frau und Kind wieder hinaus. An diesem Tag fuhr Joah auch zum ersten Mal Auto. Er nahm es gelassen. Zu Hause angekommen wurde dem jungen Mann als erstes die Wohnung gezeigt. Naja, wirklich interessiert schien er daran nicht zu sein. Ihn zog es eher wieder zu seiner Nahrungsquelle, an Mutters Brust. Zum ersten Mal waren wir auf uns alleine gestellt. Keine Hebammen oder Schwestern, welche man bei etwaigen Problemen rasch fragen konnte. Unterstützung hatten wir in Form einer Hebamme, welche in der ersten Zeit noch alle 2-3 Tage Hausbesuche machte und auch das Kind wog und begutachtete. Schliesslich muss der Kleine ja zunehmen. Quasi eine Spitex für frischgebackene Mütter. Auf eine solche Hebamme hat man Anrecht in der Schweiz, die Kosten werden von der Krankenkasse übernommen. Ich kann es nur empfehlen, davon auch Gebrauch zu machen!

In der ersten Woche nach dem Krankenhaus hatte ich Urlaub. Auch das kann ich empfehlen. So konnte ich Franziska zur Hand gehen, und mich auch mit Joah vertraut machen. Beim ersten Wickeln hatte ich so meine Probleme, entleerte er doch seinen Darm genau in der kurzen Zeitspanne, in der ich keine Windel oder sonstwas als Unterlage zur Hand, beziehungsweise unter seinem Po hatte. Das kann manchmal recht schnell gehen. Aber nach drei-, viermal Windelwechseln kriegt das jeder in den Griff.

In dieser ersten Zeit besuchten uns natürlich viele Leute. Darüber kannst du in vielen Büchern rund um Schwangerschaft und „die Zeit danach" etwas nachlesen. Besuch kann oft belastend und nervenaufreibend sein, weil man den neuen Alltag noch nicht so im Griff hat. Mein Tipp lautet: Schreibe auf die Geburtsanzeige einen Satz im Stil von „Wir freuen uns über jeden Besuch, bitten jedoch um Voranmeldung". So kannst du verhindern, dass du plötzlich die ganze Bude voll hast, weil dich jeder mit einem persönlichen Besuch überraschen will. Glaub mir, wenn sich die Besucher anmelden, kann man es einteilen und ein bisschen koordinieren. So wird Besuch zu keinem Stress sondern zu einer gemütlichen Sache. Wir freuten uns über jeden Besuch und die Besucher erfreuten sich an Joah. Da sieht man auch plötzlich Leute, welche man schon lange nicht mehr zu Gesicht bekommen hat. Ach ja, und kauf vor der Geburt nicht zu viele Kleider, nachdem der ganze Besuch einmal gekommen und wieder gegangen ist, hast du genügend davon...

Kapitel 9
Sex

Aha, da bist du natürlich wieder sehr neugierig. Tja, leider präsentiere ich in diesem Kapitel keine tollen Stellungen à la Kamasutra, noch gebe ich hier einen übermässigen Einblick in unser Sexualleben. Für alle Tipps rund um die Sexualität in der Schwangerschaft empfehle ich dir lieber, ein gutes Buch zu kaufen...

Nur so viel: Sex in der Schwangerschaft kann reizvoll, aber auch abtörnend sein, jedes Paar empfindet dies anders. Bei den einen geht es so richtig ab, weil sie beispielsweise nicht mehr an die Verhütung denken müssen, bei anderen wiederum fehlt schlicht und einfach die Lust. Viele Männer haben irgendwann gegen Ende der Schwangerschaft auch Probleme damit, Sex zu haben, weil sie glauben, dadurch das Ungeborene Kind irgendwie zu verletzen, ist meines Wissens aber nicht so.

Aber eben, ich bin nicht die liebe Martha und kann daher auch keine fundierten Tipps geben, dafür gibt es genügend gute Bücher. Überhaupt, ein bisschen Privatsphäre steht mir ja auch zu, oder?

Kapitel 10
Im ersten Jahr...

...ist erstaunlich viel abgegangen. Manchmal hat man wirklich das Gefühl, die Zeit rast nur so an einem vorbei. Ein Tipp mal vorweg: Im ersten Lebensjahr macht das Kind mit Abstand am meisten Fortschritte. Um den ersten Geburtstag herum lernt es laufen. Mach Fotos! Nur so kannst du diese Zeit festhalten und dich auch später wieder leichter zurück versetzen. In der heutigen Zeit der Digitalkameras ist dies ja auch kein Problem.

Im ersten Monat hat Joah noch sehr viel geschlafen. Mit der Zeit wurden diese langen Schlafphasen immer kürzer, die Wachphasen länger. Einer höheren Macht (oder der Akkupunkteuse) haben wir wohl zu verdanken, dass er meistens sehr zufrieden ist und circa seit seiner dritten Lebenswoche mehr oder weniger durchschläft. Auch sonst weint er nur dann, wenn er Hunger hat, müde ist oder ganz einfach, wenn ihn irgendetwas grausam ankackt. Verständlich. In seiner ersten Lebenszeit lag Joah noch mehr oder weniger ruhig auf dem Rücken und beobachtete neugierig sein Mobile oder sonst etwas, das sich bewegt oder geleuchtet hat. Man konnte ihn auf den Arm nehmen und er schaffte es locker mit seinem „ich-ignorier-dich-mal"-Blick an einem vorbei zu irgendeiner Lampe zu schauen. Ich kann mich noch gut an einen unserer ersten Abende mit Besuch erinnern. Joah weinte furchterregend. Franzsika und ich fragten uns, was wohl los sei. Hunger könne er ja eigentlich keinen haben, die letzte Mahlzeit lag ja keine Stunde zurück. „Das sind eindeutig Bauchschmerzen", meinte ich. So wurde Fencheltee gekocht, das Kirschensteinkissen erwärmt und der Bauch massiert. Doch der kleine Mann heulte weiter bis... Franziska ihm dann doch die Brust als Alternative zu seinem Heulkonzert anbot und danach war Ruhe. Wir lernten so, lansgam sein Schreien richtig zu deuten, was nicht immer einfach ist. Aber wir machten unsere Erfahrungen und lernten jeden Tag dazu.

Im zweiten Monat kam langsam aber sicher schon mehr Leben in die Sache. Er versuchte bereits, ganz zaghaft natürlich, die Gegenstände seines Mobiles zu erfassen, was sich als gar nicht mal so einfach erwies. Wir bemerkten auch, dass er es liebte zu baden und es sichtlich genoss, im warmen Wasser zu sein. Joah war viel im Wickeltuch (oder bei mir im Babybjörn) und wurde natürlich überall hin mitgenommen. Er hatte damit, zum Glück, eigentlich keine Probleme.

Im dritten Monat war es dann soweit, ich fand, der Kleine muss nun auch mal mit mir alleine fort. Ich nahm zwei Beutel tiefgefrorene Muttermilch mit und machte mich auf den Weg zu meinem Patenkind. Tja, bereits auf dem Hinweg fand Joah, es wäre doch jetzt eine schöne Gelegenheit, das Stimmorgan ein wenig zu trainieren. Als ich schliesslich angekommen bin, weinte er so stark, dass ich davon überzeugt war, dass er todkrank sein und unter enormen Schmerzen leiden musste. Tja, als dann die Muttermilch aufgetaut und warmgemacht war, stellte sich der Schmerz, einmal mehr, als Hunger heraus. Irgendwie war ich aber entmutigt und unsicher. Als Mann will man doch immer alles im Griff haben. Dies kannst du dir aber in der Anfangszeit nach der Schwangerschaft mal gleich aus dem Kopf schlagen. Ein Kind ist nicht immer gleich gut gelaunt, hat seine guten und schlechten Tage, genau wie wir Erwachsenen. Man darf sich dadurch nur nicht stressen lassen. Ich habe manchmal das Gefühl, dass er es merkt, wenn ich gestresst bin. Dann beruhigt er sich mit Sicherheit nicht.

Im dritten Monat lächelte er auch das erste Mal so „richtig". Man konnte ihn mit Grimassen zum Lachen bringen, der Brüller sag ich dir. So ein Lächeln entschädigt alles. Bereits im dritten Monat ging die ganze Familie das erste Mal in den Urlaub. Franziskas Eltern verbringen die Sommerferien jeweils in Saanen (BE). Dort weilen sie in einem Wohnwagen, in einem Segelflieger-Camp. Wir haben dann ein Hotelzimmer mit Kinderbett gebucht und waren ein paar Tage dort. Joah gefiel es in den Bergen sehr gut. In diesem Urlaub hat er auch angefangen zu „brabbeln". Unterhaltung pur. Wir waren oft schon um 22 Uhr im Hotelzimmer und haben dann noch mit Joah eine Stunde lang „rumgebrabbelt" und ihn zum Lachen gebracht. Für die stolzen Grosseltern war es natürlich auch cool, in den Ferien den Enkel ein bisschen dabeizuhaben.

Der vierte Monat brachte eine tolle Überraschung. Ich war mit Joah alleine zu Hause, da Franziska im Ausgang war. Nachdem ich ein bisschen mit ihm gespielt habe, setzte ich mich auf unser Sofa und sah ihm zu, wie er sein Mobile malträtierte. Plötzlich geschah es, er hob die Beine und versuchte seine Socken auszuziehen, dies hatte er zu diesem Zeitpunkt schon ab und an versucht, doch diesmal kippte er zur Seite und schwupps, lag er auf dem Bauch. Okay, werden alle Nichtwissenden jetzt sagen, aber he, für einen Vater sind solche Erlebnisse das Grösste! Er hat sich zum ersten Mal gedreht! Gut, vom Bauch zurück wurde es dann schon schwieriger. So verbrachten wir einen grossen Teil unserer Zeit damit, ihn nach erfolgter Drehung wieder zurückzudrehen, da er dann meistens anfing zu motzen, wenn es von selber nicht so recht klappen wollte.

Im fünften Monat hatte er das Drehen perfektioniert und rollte mehr oder weniger durch die Wohnung, eher noch unbewusst, aber er konnte auf diese Weise bereits die ersten kleinen Ortswechsel vollziehen. Auch die Nahrungsaufnahme wurde konkreter. Eines Tages beim Abendessen hatten wir das Gefühl, dass er uns wirklich aktiv beim Essen zuschaut und auch versteht, was wir da genau machen. Irgendwie hatten wir das Gefühl, er wolle mitessen. So gab ihm dann Franziska einen kleinen Happen einer zermanschten Kartoffel. Es war der Clou, ihm dabei zuzusehen, wie er zum ersten Mal in seinem Leben etwas anderes als Muttermilch konsumierte. Das Schlafen haben wir auch im fünften Monat so richtig in den Griff bekommen. Bis dahin haben wir es so gehandhabt, Joah dann ins Bett zu legen, wenn wir gemerkt haben, dass er müde ist. Oftmals wurde es neun oder zehn Uhr Abends. Wenn wir ihn vorher schlafen gelegt haben, weinte er heftigst. Nach zwei, drei Minuten haben wir ihn halt wieder aus dem Bett genommen und peng, kaum war er wieder in der senkrechten Lage, erschien wieder ein Lachen in seinem Gesicht. Ich hab dann mal mit einem Arbeitskollegen (danke Iain), welcher selber Kinder hat, darüber diskutiert und dieser meinte, einfach liegen lassen. Wenn man das Kind wieder raushollt, kombiniert es sehr schnell, dass auf sein Weinen diese Reaktion folgt. Gut, irgendwo hat er ja Recht, sagten wir uns und versuchten es einmal auf diese Art. Ich liess

Joah jeweils fünf Minuten weinen, dann ging ich wieder in sein Zimmer und half ihm einzuschlafen. Helfen kann man beispielsweise damit, ihn im Bett ein bisschen zu wiegen, den Nuggi wieder zu geben, ihn auf die Seite zu legen und so weiter. Wenn das mit der Einschlafhilfe nicht geklappt hat, hab ich das Zimmer wieder für fünf Minuten verlassen und ihn weinen lassen, bis ich wieder zur Einschlafhilfe eilte. Und siehe da, plötzlich klappte es! Mittlerweile legen wir ihn sogar oft um acht wach ins Bett und er schläft von selber ein.

Am Ende des sechsten Monats war dann noch am Morgen und am Abend vor dem Bett Muttermilch angesagt. Zum „Znüni", Mittag, „Zvieri" und Abendessen gab es Brei. Zum Mittagessen einen Gemüse-/Fleischbrei, zum „Znüni" und „Zvieri" einen zermanschten Apfel mit Banane und zum Abendessen einen leckeren Griessbrei. Und er feierte zum ersten Mal Weihnachten und Silvester. Natürlich bekam er wieder viele Geschenke, er freute sich aber mehr über die Geschenkverpackung als über den Inhalt.

Mittlerweile ist Joah beinahe ein Jahr alt und auf dem besten Weg, seine ersten eigenen Schritte zu machen. Er kriecht im Schnellgang durch die Wohnung, liebt seine Rassel und zieht sich immer genau an den Stellen hoch, an denen er nicht sollte. Von Woche zu Woche macht der kleine Mensch seine Fortschritte und es ist unglaublich spannend, ihm dabei zuzusehen. Gewisse Einrichtungsgegenstände mussten bereits auf höhere Möbel ausweichen. Und gegessen wird beinahe alles, was sich mit wenig Zähnen kauen lässt.

Kapitel 11
Die Beziehung

In der Schweiz haben wir eine Scheidungsrate von 50%. Die Paare, welche im Konkubinat leben, sind hier nicht miteingerechnet. Viele Beziehungen gehen in die Brüche, wenn ein Kind geboren wird. Woran mag das liegen? Als erstes muss ich vorausschicken, dass ich kein staatlich geprüfter Paartherapeut bin, also was jetzt kommt, ist einfach meine Meinung und Erfahrung nach mittlerweile mehr als sechs Jahren Beziehungsleben.

Die hohe Scheidungsrate erkläre ich zum einen damit, dass der Glaube heute nicht mehr den gleichen Stellenwert hat wie früher. Zu der Zeit, als mein Grossvater geheiratet hat, war eine Scheidung unvorstellbar. Man lebte so lange zusammen, bis der Tod einen schied und damit basta. Ob man glücklich war, sei dahingestellt. Heute kann man sich scheiden lassen und danach sogar wieder in der Kirche heiraten, beziehungsweise den Segen holen. Zum anderen hab ich manchmal den Eindruck, dass man in einer Beziehung oft „zu früh" aufgibt. Scheidungen sind die Normalität. Es wird viel zu wenig für die Beziehung gekämpft. Meiner Meinung nach sollte man versuchen, seine eigenen Ansprüche herunterzuschrauben und möglichst kompromissbereit sein. Ich kann mir nicht vorstellen, dass es die Traumfrau oder den Traummann wirklich gibt. Jeder Mensch hat seine Ecken und Kanten und diese gilt es zu akzeptieren und zu schätzen, komme was wolle! Ich glaube, viele Paare scheuen diesen „Aufwand" oft und gehen den Weg des geringsten Widerstands.

Kommt ein Kind ins Spiel wird eh alles anders als man

es sich vorgestellt hat. Häufig ist es, trotz Emanzipation, immer noch so, dass die Frau ihr berufliches Engagement reduziert. Bei uns beispielsweise ist es so, dass Franziska während meiner Weiterbildung noch 50% arbeitet. In dieser Zeit ist Joah bei seinen Grosseltern, im Kinderhort oder ich bin zu Hause. Da sie als Krankenschwester arbeitet, gibt es sicher auch ein Wochenende im Monat, an welchem ich mit dem Kleinen zu Hause bin, oder auch mal ein Abend pro Woche, an welchem sie Spätdienst hat. Ich sehe dies als Vorteil für Joah. Im Kinderhort ist er unter anderen Kindern, lernt mit diesen umzugehen und sich durchzusetzen. Bei Spätdienst und Wochenendarbeit ist er den ganzen Abend oder Tag mit mir zusammen. Man merkt auch, dass Joah dadurch kein Problem damit hat, auch mal auswärts zu schlafen, er ist in dieser Beziehung unkompliziert und ich behaupte mal, es kommt daher, dass er nicht zu 100% nur mit seiner Mutter zusammen ist. Ich finde auch die Aussage: „Eine Mutter, die arbeitet ist eine schlechte Mutter", grottenschlecht. Eine Mutter, welche ein-, zweimal in der Woche durch die Arbeit einen Tapetenwechsel vollzieht und sich auf die Arbeit freut, ist eine ausgeglichenere und somit eine gute Mutter. Ausserdem wird der Frau dadurch der eventuelle Wiedereinstieg ins Berufsleben enorm erleichtert. Dies wirkt sich auch auf die Beziehung aus. Natürlich gibt es auch Frauen, welche lieber voll und ganz für ihr Kind dasein wollen und keiner Arbeit mehr nachgehen. Klar habe ich auch dafür Verständnis. Nicht alle Menschen sind gleich! Das wichtigste meiner Meinung nach ist, dass eine Mutter (und auch der Vater!) glücklich und ausgeglichen sind!

56

Ein Kind bringt eine Beziehung natürlich schon ein bisschen durcheinander, manchmal auch mehr als ein bisschen. Auf einmal ist es vorbei mit der trauten Zweisamkeit. Man hat den Partner oder die Partnerin nicht mehr nur für sich alleine. Die gemeinsame Zeit bleibt oft auf der Strecke. Hier ist es absolut wichtig, sich Zeit zu nehmen. Schau, dass du mindestens einen Abend im Monat einen Babysitter organisiert und deine Partnerin ausführst. Nehmt euch diese Zeit für euch bewusst! Stell dir vor, für deine Partnerin hat sich der Alltag noch viel stärker verändert als für dich. In den meisten Fällen geht der Mann nach der Geburt wieder arbeiten, hat irgendwo noch seinen regulären Tagesablauf. Die Frau hat reduziert oder arbeitet gar nicht mehr. Viele Frauen haben Mühe damit, plötzlich „nur" noch Hausfrau zu sein. Aber jeder Mann, der mal einen ganzen Tag lang Hausarbeit erledigt und seinen sieben Monate alten Sohn gleichzeitig gehütet hat, weiss, dass der Job „Familienfrau" ganz schön anstrengend ist!

Also, schau zu, dass ihr euch nach der Geburt eure Freiräume schaffen könnt. Nicht nur für eure gemeinsame Zeit, auch für euch selber. Jeder Mensch braucht ab und zu Zeit für sich! Und dies führt mich gleich zum nächsten Punkt. Achte auch darauf, dass ihr Freiräume für euch als Einzelpersonen schafft. Ich beispielsweise bin als Einzelkind aufgewachsen. Nein, ich bin nicht verwöhnt und habe gelernt zu teilen. Aber dadurch bin ich ein Mensch, der auch gerne mal ganz für sich alleine ist und seine Ruhe haben will. Wenn ich dieses Bedürfnis nicht ab und zu befriedigen kann, werde ich unruhig. Dasselbe gilt auch für eine Mutter. Auch diese sollte einmal Zeit für sich haben, Zeit, welche sie absolut frei gestalten kann, welche nicht damit verbunden ist, auf ein Kind aufzupassen. Wir schauen beispielsweise, dass auch Franziska unter der Woche einmal in den Ausgang geht. Oder wir geben Joah einen Tag zu den Grosseltern oder in den Kinderhort. Ganz klar, dass sich hier alles immer im gesunden Rahmen abspielt. Ein Kind sollte nicht allzuviele „Vertrauenspersonen" haben. Mehr als drei Orte halte ich für zuviel. Ein Kind wird schliesslich nicht zum Weggeben auf die Welt gestellt.

Kapitel 12
Weiterbildung und Vaterrolle

Wie du ja sicher aus den vorhergehenden Kapiteln herauslesen konntest, absolviere ich momentan eine Weiterbildung in Form eines berufsbegleitenden Diplomstudiums auf Stufe „HF". Diese Ausbildung dauert drei Jahre. Im ersten Jahr hatte ich „nur" den ganzen Samstag Schule, im zweiten und dritten Jahr besucht man auch Freitagnachmittag und -abend den Unterricht. Im Schnitt gibt es pro Wochenende ein bis zwei Prüfungen, auf die man sich vorbereiten sollte. Plus natürlich Vordiplom- und Diplomprüfungen, sowie eine Diplomarbeit. Diese Angaben dienen als Information dazu, dass du dir in etwa vorstellen kannst, wie viel Zeit ich für diese Weiterbildung benötige. Mir geht es in diesem Kapitel ein bisschen darum, aufzuzeigen, dass es durchaus möglich ist, als Vater trotzdem noch eine Weiterbildung durchzuziehen. Es gibt da meiner Meinung nach aber ein paar wichtige Punkte, welche man beachten sollte.

Es müssen alle dahinter stehen. Wenn Franziska nicht den ganzen Rest rund um mich managen würde, hätte ich ein grosses Problem. Deine Partnerin muss akzeptieren, dass du vermehrt „nicht verfügbar" bist. Sei es, weil du in der Schulbank sitzt oder zu Hause am Lernen bist. Ich selber versuche aber, meine Lernstunden in die Zeitspannen zu legen, in denen Joah am Schlafen ist.

Deine Partnerin sollte es aber nicht nur einfach akzeptieren, auch du solltest es schätzen, dass sie dies tut. Du solltest, wäre es umgekehrt, auch dazu bereit sein, dasselbe für sie zu tun. Zu einer Weiterbildung kommt erschwerend hinzu, dass man oft reduziert arbeitet, die Weiterbildung vielleicht auch noch selber bezahlt, ergo schrumpft auch das Einkommen. Ach ja, und das Kind sollte ja auch noch wissen, wer denn der Mann ist, der zum Essen heimkommt. Achte also darauf, dass du deine „freien" Tage hast. Ich habe beispielsweise bis heute den grossen Ehren-Kodex durchgezogen, an den Sonntagen nichts für die Schule zu machen. Meistens verbringen wir den letzten Tag der Woche zusammen, was sich auch als Ausgleich zu Arbeit und Schule darstellt. Okay, zum Zeitpunkt, an welchem ich diese Zeilen schreibe, habe ich meine Weiterbildung noch nicht abgeschlossen, bin gerade mal im vierten von sechs Semestern. Ich kann also noch nicht damit prahlen, dass ich es geschafft hätte, aber ich finde, es funktioniert irgendwie ganz gut und ich bin mittlerweile zuversichtlich, dass ich erfolgreich abschliessen werde. Du kannst es glauben, als Joah auf die Welt kam, war ich mir da überhaupt nicht sicher. Einige Schulkollegen beispielsweise sagten mir vor der Geburt, dass sie es bewundern würden, dass ich trotz Weiterbildung Vater werde. Sie könnten es sich überhaupt nicht vorstellen, neben einem schreienden Kind noch die Konzentration zum Lernen aufzubringen. Okay, die Worte waren nett gemeint, aber extrem beunruhigend für mich. So fragte ich mich oft, ob wir den Gedanken, ein Kind auf die Welt zu bringen, auch wirklich zu Ende gedacht haben. Aber wie bereits gesagt, es klappt, meine Noten wurden sogar besser und ich habe wirklich das Gefühl, dass sich alles eingependelt hat. Meiner Meinung nach schafft man etwas, das man unbedingt erreichen will, in den meisten Fällen auch. Und he, einfach nur so Vater sein, das wär doch langweilig ;-)...

Schlusswort

So, das war's von mir fürs Erste. Ich weiss, das Büchlein ist nicht dick, aber für mich ist es von Bedeutung. Wenn ich dir auch nur mit einem kleinen Tipp helfen konnte, dann hat es sich ja bereits gelohnt, es zu lesen. Ich würde es auch cool finden, wenn du mir deine Kritik oder dein Lob zukommen lassen würdest. Auch deine Erfahrungen als junger Vater würden mich interessieren. Kontaktmöglichkeiten findest du auf der letzten Seite dieses Buches.

Mir hat es auf jeden Fall Spass gemacht, dies alles zu Papier zu bringen. Joah ist mittlerweile bereits zehn Monate alt und wird jeden Tag grösser und, man glaubt es kaum, auch anstrengender und beweglicher. Wie bereits erwähnt, wird es langsam aber sicher Zeit, dass wir Gegenstände, welche sich in seiner Höhe befinden, aus dem Weg räumen. Ich glaube, die ersten Schritte lassen nicht mehr lange auf sich warten...

Ich wünsche dir, werdender Vater, alles Gute und viel Glück für dein „Projekt Kind". Du wirst sehen, es wird alles besser gehen, als man es sich vorstellt!

Daniel Sommerhalder
April 2006

Danke!

Grossen Dank für die Unterstützung während meiner Zeit als werdender Vater und auch danach: Franziska, Biggi, Götti Pasi mit Migi, Tante Gotte Sue, Onkel Simon, Max & Elsbeth, Xaver und Maggie, Claudia J. und Werni mit Göttimeitli Amy, Grosstanti Claudia V. und Dani, Ady, Simi, Domi, Beat, Plüsch, Heidi und restliche Relei, Nicole, Degi, Zollinger, gesamte Klasse TGZ-2007B, Martin und Brünu (DTP-Büro), Burgi, Iain, Pina und Lars sowie restl. Stobägler, Sarah und Reto, Mischi und Sonja, sowie viele mehr!

Riesigen Dank an Mädi für deine grosse Arbeit als Lektorin! Du hast dies toll gemacht!

Ein riesiges Dankeschön auch an Joah, ohne ihn hätte ich all die tollen Erfahrungen gar nicht machen können!

Kontakt:
Website zum Buch:
www.sagmalpapa.ch

Private Website von Daniel Sommerhalder:
www.somy.ch